LE GRAND MIROIR

Des mêmes auteurs
chez Christian Bourgois Editeur

LE CAFÉ DE LA PLAGE / LA VOIX
CINQ REGARDS
LE CITRON

De Paul Bowles

DES AIRES DU TEMPS

MOHAMMED MRABET
PAUL BOWLES

LE GRAND MIROIR

Transcrit et traduit de l'arabe par Paul Bowles

Traduit de l'anglais par
Chantal Mairot-Queyras

CHRISTIAN BOURGOIS ÉDITEUR

Titre original :
The Big Mirror

ISBN : 2.267.00635.9

Chapitre premier

Un après-midi, une veuve qui habitait en ville reçut la visite de son neveu Ali.

Le jeune homme possédait de vastes terres cultivées dans les collines proches.

La femme était assise avec la fille d'un voisin quand il entra. Ali posa un baiser sur le front de sa tante, et remarqua alors la jeune fille.

Et sa tante vit qu'en la regardant, Ali écarquillait les yeux.

— Je te présente Rachida, dit-elle ; ils s'assirent tous trois et parlèrent.

La jeune fille sortit peu après, et Ali resta seul avec la tante.

Ils parlèrent d'elle :

— Est-elle mariée ? demanda Ali.

— Non.

— Elle est vierge ?

— Oui, oui, répondit impatiemment sa tante. Bien sûr.

Ali se tut.

Sa tante attendit avant de poursuivre :

— Elle t'intéresse ?

Il fronça les sourcils :

— Oui, peut-être... ou peut-être pas.

— Pourquoi dis-tu cela, mon fils ?

— Elle est trop belle. Ça m'inquiète. J'ai l'impression qu'elle pourrait être dangereuse.

— Comment ça ?

— Je sais bien qu'on dit chez nous que seul Allah peut donner et ôter la vie. Mais cette sorte de beauté pourrait tout aussi bien maintenir un homme en vie que le tuer.

Sa tante ne semblait pas écouter.

— Oui, oui, mon fils. Une fille merveilleuse. Fille unique, comme toi. Vous pourriez d'autant mieux vous comprendre.

— C'est possible, dit Ali. Mais elle m'inquiète.

Sa tante rit.

— Un homme qui a peur d'une jeune fille ?

— Non, dit-il. Peur de la beauté.

Cette nuit-là, tandis que hululaient les

hiboux dans le verger, Ali rêva qu'il était marié.

Sa femme était la jeune fille qu'il avait rencontrée chez sa tante. Il en fut heureux, mais simplement au début. Au fond de lui-même, il avait peur.

En regardant attentivement son visage, il le vit peu à peu se métamorphoser en quelque chose de mauvais : Ali comprit qu'il était avec une sorcière.

Il se réveilla en sueur et resta dans le noir, les yeux grands ouverts.

Chapitre II

Les hommes qui travaillaient dans sa ferme aimaient bien Ali.

Il les considérait comme ses amis et restait souvent assis de longues heures avec eux après leur travail.

Mais lorsqu'il partagea leur petit déjeuner le lendemain matin dans le jardin, il était pensif ; il but son thé et mangea son pain sans rien dire. L'un de ses ouvriers finit par se tourner vers lui pour lui demander s'il se sentait souffrant.

Ali espérait chasser de son esprit les sombres pensées que le rêve y avait laissées.

Il dit sans réfléchir :

— Ma tante veut que je me marie.

— Ta tante ? demandèrent-ils, surpris.

Il leur conta alors toute l'histoire.

— Elle veut arranger ce mariage, ajouta-t-il. Mais est-ce que je le veux, moi ?

A mesure qu'Ali entendait les voix des hommes le presser de se marier, son rêve paraissait s'éloigner.

— Oui, dit-il, pour lui seul d'abord, puis à haute voix : Oui, je devrais peut-être.

Ce soir-là, il retourna chez sa tante. Elle l'embrassa et le conduisit dans une pièce à l'intérieur de la maison, où dans l'obscurité, il devina la silhouette assise d'une autre femme.

S'avançant vers elle, il vit que c'était Rachida.

Après l'avoir saluée, il se tourna vers sa tante.

— Que dit-elle ? Qu'en pense Rachida ?

Sa tante ne répondit pas ; elle resta simplement debout dans l'embrasure de la porte.

Mais la jeune fille dit :

— Ce que je pense de quoi ?

— De m'épouser, répondit Ali.

Elle se leva, et les bras tendus, telle une somnambule, se dirigea vers lui.

Ali se retourna vers sa tante, mais elle avait disparu.

Quand ses mains effleurèrent le visage d'Ali, la jeune fille se mit à pleurer à chaudes larmes.

Il l'attira à lui.

— Tu ne veux pas te marier ? murmura-t-il.

Elle était incapable de parler.

— Mes parents seront chez toi demain, promit-il.

Il l'embrassa et partit chercher sa tante pour lui faire part de la nouvelle.

Ali passa la journée du lendemain dans les souks à acheter des vêtements, des caftans et des bijoux d'or.

Puis il s'approvisionna en bonbons et en pâtisseries, qu'il transporta chez ses parents afin qu'ils puissent partir pour la maison du père de Rachida avec les cadeaux.

Les aînés s'assirent ensemble. Rachida se tenait à l'entrée de la pièce, observant pendant qu'ils ouvraient les paquets.

Les parents d'Ali dirent d'abord qu'il était leur unique enfant. Enfin ils demandèrent :

— Donnez votre chiffre ; combien voulez-vous ?

Ils se mirent d'accord sur un prix, puis les parents d'Ali se levèrent, présentèrent leurs respects et rentrèrent chez eux.

Quand Ali revint de la ferme, sa mère lui annonça :

— Tout est arrangé.

Le lendemain, Ali fit encore des emplettes. S'assurant ensuite qu'il avait assez d'argent sur lui, il alla trouver le père de Rachida.

Ils firent appeler les notaires, puis se dirigèrent ensemble vers la maison de Rachida.

Les pièces résonnaient du rire de nombreuses jeunes filles : les amies de Rachida venues lui rendre visite.

Les hommes entrèrent seuls dans une pièce où un repas leur fut servi. Le thé terminé, les notaires commencèrent à remplir les papiers.

Ils appelèrent Rachida.

— Veux-tu épouser cet homme ?

— Oui.

Ce fut bientôt réglé. Ali paya leur dû aux notaires et tendit au père de Rachida la somme convenue.

La maison s'emplit alors de la voix des jeunes filles qui criaient : Youyouyouyouyou !

Au moment où les notaires s'éloignaient, les filles se mirent à chanter et jouer de leurs tambours.

Ali devait maintenant trouver en ville

une maison où Rachida et lui pourraient vivre. Il en vit beaucoup au cours des jours suivants, mais une seule lui parut assez belle.

La demeure était ancienne, vaste, et composée d'une série de pièces sombres aux plafonds très hauts qui entouraient un immense patio.

Il fit les démarches nécessaires à son acquisition et embaucha une escouade d'ouvriers capables de la remettre rapidement en état.

Quand ceux-ci eurent terminé, il emplit la maison de tapis épais, de coussins moelleux et de tables basses pour la rendre habitable immédiatement.

Le jour du mariage arriva. Ali donna sa propre fête dans la nouvelle maison, pendant que celle de Rachida se déroulait dans la demeure de son père.

Après que les femmes et les jeunes filles eurent chanté et dansé, Rachida fut transportée et installée dans l'almaria qui devait la mener vers Ali.

On ferma le palanquin qui fut posé sur un cheval, et il commença à avancer le long des rues. Les rhaitas et les tambours jouaient une musique enlevée, la foule portait des torches, les femmes hurlaient et les jeunes filles dansaient.

Le cortège traversa la ville en direction de la maison d'Ali.

Arrivés devant la porte, ils ôtèrent l'almaria du dos du cheval et la transportèrent rapidement à l'intérieur, dans une pièce où se trouvait un énorme miroir qui atteignait presque le plafond. Là, ils déposèrent le palanquin et aidèrent Rachida à en sortir.

Entourée de toutes les jeunes filles, elle était au milieu du grand salon éclairé de bougies aux flammes dansantes ; apercevant son propre reflet dans sa robe blanche de mariée, elle se hâta vers le miroir pour s'y regarder attentivement.

Tout en dansant, et en faisant bouffer sa robe, elle se mit à rire nerveusement. Soudain, elle passa du rire aux larmes.

Les jeunes filles se pressèrent autour d'elle, essayèrent de la réconforter en l'entourant de leurs bras et en lui murmurant des mots apaisants. Mais elle n'y prêta aucune attention. Il fallut l'arrivée d'Ali, qui fit s'égailler ses compagnes, pour qu'elle revînt à elle et cessât de pleurer.

Ali et Rachida restèrent alors l'un à côté de l'autre dans leurs robes blanches qui scintillaient à la lumière des candélabres.

Chuchotant son nom, il se tourna vers elle et commença lentement à soulever le voile qui couvrait son visage.

Elle scruta le sien.

— Ce miroir m'effraie, dit-elle. Dis-leur de l'ôter d'ici.

— Oui, oui. Tout ce que tu veux.

Ils prirent le repas qu'on leur avait préparé et passèrent ensemble une heureuse nuit.

Chapitre III

Le lendemain matin, de bonne heure, Ali rassembla quelques amis et s'en fut avec eux au hammam. Ils y passèrent la matinée à se baigner et se livrer à des luttes amicales.

Pendant ce temps, les parents des jeunes mariés arrivaient à la maison pour rendre visite à Rachida, amenant avec eux une servante noire. Ils cherchèrent Rachida dans sa chambre, mais elle ne s'y trouvait pas.

Ailleurs, quelque part dans la maison, on entendait chanter.

Ils ouvrirent la porte du grand salon.

Rachida était debout au milieu de la pièce, entièrement nue, vêtue seulement de sa longue chevelure dont une partie tombait devant son corps, et l'autre dans son dos.

Les yeux rivés sur ce spectacle, ils restèrent figés sur place.

La mère de Rachida s'écria alors :

— Tu te sens bien ?

Rachida la regarda et enfila rapidement ses vêtements. Une fois habillée, elle dit avec colère :

— Tu savais que j'étais ici. Pourquoi as-tu ouvert la porte ? Que veux-tu ?

— Mais que faisais-tu ? insista la mère.

— Tu veux savoir ce que je faisais ? Je me réjouissais d'être au paradis. Pour moi, cette pièce est le paradis parce que je peux y faire ce qui me plaît. Et tu arrives, tu ouvres la porte sans même frapper ni appeler.

— Oui, oui, dirent-ils. Maintenant, viens avec nous dans l'autre pièce.

Les femmes vêtirent alors Rachida de robes de soie.

Des groupes de jeunes filles et de femmes arrivèrent peu à peu, chantant et frappant des tambours. Elles se mettaient à danser en franchissant la porte.

Quand Ali revint du hammam il trouva la maison pleine de jeunes filles. Il se souvint que Rachida lui avait demandé de faire enlever le miroir du grand salon. Il en parla à la servante noire, qui promit de faire venir des hommes pour l'emporter dans l'après-midi.

Ali était à peine sorti qu'on donna à la domestique une autre tâche, et elle oublia le miroir.

Le soir, en arrivant, Ali le trouva toujours au même endroit. Il en fit la remarque à Rachida en lui promettant de le faire enlever le lendemain matin.

A sa grande surprise, elle répondit :

— Non ! Laisse-le où il est. J'en ai besoin.

Ali répéta en haussant les épaules :

— Comme tu voudras.

Les mois s'écoulèrent, et le grand miroir était toujours dans le salon. Entre-temps, Rachida en avait acheté de nombreux autres dont la maison était pleine. Quand il entrait dans une pièce, Ali se voyait franchir le seuil de la porte à droite et à gauche, et en longeant les couloirs, il voyait au fond approcher son image. Et chaque fois qu'il pénétrait dans la maison, il trouvait Rachida devant une glace.

— Habibi, lui disait-il, que nous as-tu cuisiné aujourd'hui ?

Et elle répondait invariablement :

— Rien. La négresse va le faire.

— Mais as-tu mangé ?

— Je n'ai pas besoin de manger, disait-elle. Regarder dans la glace me suffit.

Il la dévisageait et secouait la tête.

Ali partit un soir rendre visite aux parents de Rachida. Au cours de la conversation, il dit soudain :

— Il y a quatre mois que le mariage a eu lieu, et j'attends toujours de voir Rachida préparer ne serait-ce qu'un verre de thé.

Le vieil homme se tordit les mains.

— Mon fils, notre fille n'est pas tout à fait bien, dit-il. Je pense que tu le sais. Inutile de te dire quoi que ce soit ; c'est à toi de décider si tu veux continuer à vivre avec elle ou non. Si tu veux le divorce, elle peut revenir chez nous, mais tu dois décider.

Ali se sentit incapable de répondre au vieil homme. Il lui souhaita bientôt bonne nuit et partit.

A la suite de cette visite, la mère de Rachida commença de venir la voir chaque jour, et se chargea également de la cuisine, veillant à ce qu'Ali et sa fille se nourrissent régulièrement.

Il ne lui fallut pas longtemps pour s'apercevoir que Rachida attendait un enfant.

Avec le temps, la jeune femme s'attrista de voir son corps perdre la beauté de sa silhouette. Nue devant le miroir, elle passait ses journées à pleurer et se plaindre de sa laideur.

Ali restait plus souvent auprès d'elle dans l'espoir de la distraire. Il lui achetait de nouveaux caftans, des colliers, et sans la prévenir, empilait des cadeaux sur les coussins face à l'immense miroir du grand salon. Puis, ayant allumé tous les bougeoirs, il lui prenait la main et la menait jusqu'à la glace.

Rachida passait ses journées dans cette salle, entourée de monceaux de vêtements, à mettre et ôter inlassablement les robes et colifichets étalés autour d'elle.

CHAPITRE IV

Vint le jour du baptême du fils d'Ali, le septième après l'accouchement de Rachida.

Ali et Rachida étaient dans le salon. Debout devant le grand miroir, elle souriait à son image, et Ali l'observait.

Il sentit soudain un malaise le submerger. Il n'aurait pu dire dans quelle partie de son corps, ni de quelle sorte de maladie il s'agissait, puisqu'il n'avait jamais rien éprouvé de semblable auparavant.

Il ne dit rien, mais vit Rachida lui jeter un coup d'œil dans la glace, comme si elle le savait déjà et attendait simplement qu'il y fît allusion.

Ce fut pour lui le premier avertissement.

Au fil du temps, la beauté de Rachida revint ; elle passait sa vie face au miroir, sans pleurer ni se plaindre. Mais elle ne voulait rien savoir de l'enfant. On laissa le soin de s'en occuper complètement à la mère de Rachida qui vint s'installer à la maison pour être toujours disponible.

Si la mère de Rachida sortait, elle confiait le bébé à la servante noire.

Un vendredi où la vieille femme était allée au cimetière poser du myrte sur les tombes de la famille, Rachida entra dans la cuisine. Assise dans un coin, la négresse tenait le bébé dans ses bras.

— Tiens, dit Rachida en lui tendant quelques pièces, je veux que tu ailles au marché me chercher quelques melons.

La servante donna le bébé à Rachida et sortit.

Rachida porta lentement l'enfant à travers la maison jusqu'au grand salon.

Elle posa le bébé sur le sol, ferma les portes à clé, tira les rideaux sur les fenêtres, puis alluma quelques bougies. Elle regarda dans la glace et admira son caftan rouge vif. Ce qui lui donna l'idée d'envelopper le bébé dans une robe de la même couleur.

Elle tenait l'enfant dans ses bras, les yeux baissés vers lui. Puis elle se regarda le tenir dans ses bras.

La couleur de son sang s'accorderait-elle avec le rouge de la robe ? se dit-elle.

Elle apporta donc un rasoir de barbier et s'observant à chaque instant dans la glace, trancha la gorge du bébé d'une oreille à l'autre.

Le sang coula ; elle y frotta ses mains, puis elle les laissa pendre à côté de sa robe pour comparer les couleurs.

Rachida demeura longtemps assise à se contempler en train de jouer avec le sang. De temps à autre, elle souriait à son reflet.

La servante arriva et frappa.

— Voilà vos melons ! cria-t-elle, mais Rachida ne répondit pas.

Ali revint un peu plus tard et commença à appeler Rachida à cor et à cri.

Quand il frappa à la porte du grand salon, elle tomba sur le tapis et resta immobile, ne laissant d'autre choix à Ali que de faire pression sur la porte jusqu'à ce que la serrure cède.

Il entra dans la pièce et découvrit Rachida, le bébé et le rasoir gisant sur le sol.

Il vit que son fils était mort. Puis il regarda Rachida et vit qu'elle était vivante.

Elle ne réagit pas quand il la toucha. Après qu'il eut été chercher de l'eau et l'eut jetée sur son visage, elle ouvrit les yeux et s'assit lentement, le regard fixé sur lui.

De sa manche, elle essuya alors son visage et dit avec colère :

— Pourquoi m'as-tu jeté de l'eau ?

— Rachida ! Qui a fait ça ? Qui a tué notre bébé ?

Rachida sembla se souvenir.

— La fille, dit-elle en parlant comme si elle dormait. La fille avait un rasoir à la main, et elle a tranché la gorge du bébé.

— Qui ? Où est-elle ?

Mais Ali se souvint alors que la porte du grand salon était fermée à clé. Il n'y avait personne d'autre dans le salon. Il regarda le sang sur les mains et le visage de Rachida.

Puis, au bout d'un moment, il se retourna et sortit de la pièce.

Il alla directement à la maison des parents de Rachida, leur demanda de le suivre, et les mena jusqu'à leur fille.

Quand ils entrèrent dans la pièce, Rachida, assise sur un divan et entourée de bougies, contemplait le sol où le bébé gisait encore dans une mare de sang à côté du rasoir.

— Allah ! Allah ! cria la mère de Rachida. Qu'as-tu fait ?

Rachida regarda sa mère et secoua la tête.

— Rien, mère. C'est l'autre fille. Tu la connais. Viens, si tu veux la voir.

Son père et sa mère se laissèrent conduire jusqu'au grand miroir.

— Là! dit-elle, le doigt tendu.

Sa mère poussa un grand cri et se mit à sangloter.

— Ma fille est devenue folle !

Stupéfait, le père de Rachida observait le miroir sans en croire ses yeux. Rachida était debout entre lui et sa femme et se montrait du doigt. Mais au lieu du caftan rouge, son reflet portait une éclatante robe blanche de mariée.

Rachida sourit en voyant la consternation de ses parents.

— Vous la voyez? dit-elle, et elle se mit à rire.

Dans le miroir, ils virent la jeune femme en blanc pleurer silencieusement.

Ali se détourna. Il avait la chair de poule, car il affrontait quelque chose qui dépassait son entendement.

A la tombée de la nuit, ils enveloppèrent le bébé et le transportèrent secrètement en dehors des murs de la ville pour l'enterrer sur le flanc d'une colline rocheuse.

Lorsqu'ils regagnèrent la maison, c'était le soir. Ali, qui se sentait encore malade, aurait préféré ne pas rester seul avec Rachida. Mais dès qu'ils furent entrés, elle lui fit signe de laisser ses parents et de la suivre dans le grand salon.

Elle ferma la porte et ils s'assirent.

— Ça semble injuste que je doive être la seule personne malade dans une famille saine, dit-elle. Mais Allah a dû vouloir qu'il en soit ainsi, et il m'a donc faite très belle. Le miroir m'a donné la maladie. Le mieux serait que je puisse mourir maintenant, et vite. Mais c'est Allah qui décide de toute chose.

Elle commença à sangloter doucement, et il alla la prendre dans ses bras.

Ce faisant, Ali regarda dans le miroir et vit la jeune femme qui avait le visage de Rachida dissimuler un sourire sournois. Puis elle se tordit de rire.

Il baissa rapidement les yeux vers Rachida. Elle sanglotait encore, et ses joues étaient mouillées de larmes.

Ali sentit ses cheveux se hérisser sur sa nuque.

— Arrête ! Arrête ! s'écria-t-il, et il la secoua violemment.

Elle se calma peu à peu. Ce fut seulement ensuite qu'Ali osa regarder de nouveau dans le miroir.

Cette fois, il ne vit que lui-même entourant Rachida de son bras. L'autre jeune femme avait disparu.

Ce soir-là, les parents de Rachida emmenèrent leur fille dormir chez eux, laissant Ali seul dans la maison.

Allongé dans son lit, incapable de dormir, il pensait à Rachida, au bébé mort, et au miroir. Il transpirait, se retournait, dans l'obscurité.

Il se leva tard dans la nuit et sur la pointe des pieds alla jusqu'au salon. Une faible lampe à la main, il riva ses yeux sur le miroir.

Derrière lui, dans les ombres du fond, il crut voir bouger une silhouette. Il se retourna brusquement, mais il n'y avait personne d'autre dans la pièce. A nouveau, Ali regarda dans le miroir. La silhouette s'était approchée de lui ; il vit qu'elle portait des vêtements blancs. Il reconnut Rachida. Elle était dans le miroir, mais pas dans la pièce. En même temps, elle dormait dans la maison de son père.

Ali se glissa rapidement dans la cour et ferma la porte derrière lui. Il retourna se coucher, mais son esprit débordait de pensées concernant le miroir au point qu'il ne put trouver le chemin du sommeil.

De bon matin, il se mit en route pour la ferme.

Le jour était éclatant de soleil, mais Ali portait en sa tête un nuage. Il ne s'était pas senti bien depuis le jour du baptême, et il avait maintenant l'impression d'être très malade.

A la ferme il fit venir des champs tous les ouvriers, disant qu'il voulait leur parler. Quand ils furent assemblés autour de lui sous les arbres, il parla.

— Si pour une raison quelconque vous ne me voyez pas ici, souvenez-vous que vous ne travaillez que pour moi. Que j'y sois ou non, vous devez continuer comme d'habitude à vendre, acheter et vous payer vos propres salaires. Ce qui restera ira à mon père. Et qu'Allah vous garde.

Il congédia les hommes, puis se rendit à une petite cabane qui se trouvait dans le verger.

L'intérieur était très silencieux. Ali s'allongea sur le sol et tomba dans un profond sommeil.

Chapitre V

Dans son sommeil, Ali se vit en un lieu où il n'y avait ni arbres ni plantes mais seulement des rochers et de l'eau qui courait entre eux. Marchant dans l'eau à grands pas, il se vit atteindre enfin une large rivière.

Il y plongea et observa sa lutte contre le courant pendant qu'il nageait.

Se voyant grimper sur l'autre rive, il étendit les bras pour agripper les rochers et se rendit compte qu'il était mouillé. Il escalada les rochers et descendit de l'autre côté.

A mesure qu'il progressait, les rocs devenaient plus chauds, et de la vapeur jaillissait de sources cachées. Il pressa le pas dans l'espoir de trouver un endroit plus frais et ne tarda pas à courir. Ses vêtements trempés pendaient lourdement sur lui, et il avait du mal à respirer.

Il ôta tous ses vêtements et continua de courir entre les rochers brûlants, sa soif croissant à chaque minute. Derrière les rochers, la vapeur se déversait en nuages. Il glissa et tomba sur le sol.

Levant les yeux, il crut voir Rachida approcher à travers la vapeur. Il découvrit alors que c'était la Rachida du miroir, toujours vêtue de blanc.

Quand elle fut au-dessus de lui, elle sourit et le salua.

Ali ne pouvait dire qu'une chose :

— De l'eau.

— Si je t'en apportais, serais-tu mon mari ?

— De l'eau !

— Tu acceptes ?

— Oui ! s'écria-t-il, par Allah ! Je le jure.

Elle lui apporta de l'eau. Il la but lentement, en versa sur son corps ; puis il s'allongea et se reposa un moment.

Il leva les yeux vers la jeune femme. Sa nudité ne la troublait pas, elle le regardait simplement.

Il se redressa alors et la remercia.

— Au revoir, dit-elle. Continue à marcher dans la même direction. Tu arriveras à destination.

Après son départ, il se leva et poursuivit sa route.

Il atteignit bientôt une oasis. Des arbres fruitiers poussaient à l'ombre des palmiers, et l'eau gargouillait dans les canaux. Un doux vent frais agitait l'air sous les branches.

Ali s'assit, adossé au tronc d'un palmier. Il commençait à somnoler quand il crut entendre une voix qui l'appelait.

Il ouvrit les yeux. Il faisait chaud dans la cabane, et il était trempé de sueur. Un de ses ouvriers se tenait dans l'embrasure de la porte.

— Il y a des gens qui veulent te voir.

Ali se leva et s'étira.

Dehors, sous les arbres proches de la cabane, il vit un homme et une femme. Tout en s'approchant d'eux, il se demanda s'ils ne l'avaient pas connu quand il était enfant.

— Ton nom est Ali ? dit l'homme.

— Qui es-tu ? répondit Ali, essayant encore de se souvenir d'eux.

L'homme poursuivit :

— Et le nom de ta femme est Rachida ?

Ali ne répondit pas.

Alors la femme parla sans détour :

— Et hier, elle a tué son bébé ?

Terrifié, Ali ouvrit la bouche pour parler, mais l'homme continua.

— Et il y a quelques minutes tu étais très loin d'ici.

— Non ! J'étais ici dans la cabane.

Il indiqua la porte et les invita à entrer. A chacun il donna une tasse de petit-lait.

— Non, répéta-t-il. Je dormais sur cette natte.

— Ton corps, peut-être, dit l'homme. Mais où étais-tu ?

Ali sentit qu'il devait leur raconter son rêve.

Quand il eut terminé, l'homme dit :

— Et tu ignores toujours qui nous sommes ? La fille que tu as promis d'épouser est notre fille.

— Qui d'autre pourrions-nous être ? dit la femme. Ma fille est très amoureuse de toi, et nous voulions savoir quelle sorte d'homme tu es. Je pense que vous pourriez être heureux ensemble.

— Tu comprends, bien sûr, dit l'homme quand ils se levèrent pour partir, nous aurions préféré la voir mariée à un homme vivant plutôt qu'à un mort, mais comme elle semble ne vouloir que toi, nous accepterons ce mariage. Peut-être ne seras-tu pas toujours mort.

Ali était trop étonné pour pouvoir répondre.

Ils s'inclinèrent et sortirent.

Ali ne bougea pas et se sentit très mal à l'aise. Leurs mots étaient si invraisemblables qu'il se prit à penser que le couple faisait seulement partie de son rêve.

Il se leva d'un bond et sortit en courant, regarda dans toutes les directions, mais le couple avait disparu. Il fit venir l'ouvrier agricole qui lui avait annoncé leur arrivée.

— Où sont-ils allés, ces gens ? lui demanda-t-il.

— Ils sont entrés dans la cabane avec toi. Après, je ne sais pas.

Ali le remercia, rentra, et se mit à faire les cent pas.

— Ça va me rendre fou, se dit-il. Mais c'est déjà peut-être fait, et tout cela fait partie de ma maladie.

Il claqua la porte de la cabane et partit vers la ville. Le nuage qui ce matin avait habité son esprit était maintenant un orage.

Chapitre VI

Dès qu'il entra dans la maison, Ali entendit les gémissements de Rachida. Il resta à écouter dans le couloir sombre. Les plaintes semblaient celles d'un animal ou d'un démon. Il sentit sa peau frissonner et ses cheveux se dresser sur sa tête.

Il fut soudain en colère. Il se dirigea alors vers la porte du salon et l'ouvrit. Comme d'habitude, Rachida était allongée sur le divan. Il cria son nom, la faisant sursauter, si bien qu'elle leva les yeux vers lui.

Alors, elle l'étonna en lâchant tout à coup un flot de paroles.

— Ali ! pourquoi fais-tu cette tête ?

Qu'y a-t-il ? Es-tu malade ? Es-tu mort ?

Ali ne prêta aucune attention à ses paroles.

— Rachida, je veux savoir. Pourquoi pleures-tu ?

— Parce que le temps passe et que le monde change à chaque instant. Tout ce qui est conçu naît, et tout ce qui naît meurt. Après il n'en reste rien.

Elle se leva d'un bond.

— J'ai des choses pour toi, lui dit-elle. Voici deux vêtements, un rouge, et l'autre rouge et blanc. Je savais ce qui t'irait le mieux, et j'ai dû chercher partout les couleurs que je désirais.

Ali voulut la remercier, mais elle continuait de parler :

— Je suis effrayée de te voir ainsi, Ali. Je suppose que tu comprends quel grand changement c'est pour moi. On ne devinerait jamais que tu es le même homme qu'avant.

— Sottises !

— Va te regarder dans la glace, dit-elle.

Ali avança vers le grand miroir. Rien ne s'y reflétait, sinon la pièce. Rachida vint à ses côtés. Il la vit clairement, elle y était seule.

— C'est impossible ! s'écria Rachida. Où es-tu ?

Ali fit demi-tour et se jeta sur le divan. Il s'allongea et regarda le plafond en marmonnant :

— Impossible. Oui. Impossible.

Debout, Rachida le regardait. Elle lui toucha le bras.

— Lève-toi et essaie le vêtement rouge, dit-elle.

Quand, vêtu de cette robe, il revint vers le divan, elle lui jeta un regard approbateur, passa sa main sur le visage d'Ali, et se mit à lui donner de tendres baisers.

Puis elle s'écarta, le regarda de nouveau et secoua la tête.

— Ali ! Ali ! Quel dommage ! Avec ce rouge, ton teint est horrible. Attends.

Elle se leva et disparut dans une autre partie de la pièce. Il ferma les yeux et l'entendit se déplacer. Il y eut ensuite un moment de silence.

La voix de Rachida lui parvint tout à coup, comme issue d'une autre pièce :

— Laisse-le !

Ses yeux s'ouvrirent brusquement. Rachida était penchée sur lui. Elle tenait un rasoir de barbier près de la gorge d'Ali mais sa tête se tournait déjà pour regarder le miroir d'où la voix était venue.

Il se leva d'un bond en tremblant, et Rachida laissa tomber le rasoir. Il se pencha, le ramassa et quitta la pièce.

Chapitre VII

Ali resta longtemps assis seul à penser à la maladie de Rachida et aux problèmes qu'elle engendrait. Il s'interrogeait sur cette voix sortie du miroir qui avait crié au moment où il était en danger. Par moments il songeait que tout cela appartenait encore au rêve commencé dans la cabane de la ferme. Il lui vint à l'esprit que si Rachida ne lui avait pas tranché la gorge, c'était peut-être parce qu'il était déjà mort, comme l'homme et la femme le lui avaient dit.

Il finit par lever les yeux. Rachida, debout sur le seuil, le regardait d'un air craintif.

S'apercevant qu'il l'avait vue, elle se dirigea vers lui.

— Pardonne-moi, Ali.

— Bien sûr que je te pardonne, dit-il. C'est à ma femme que je pardonne. Je t'aime. M'aurais-tu tranché la gorge que je t'aimerais encore.

Elle lui adressa un sourire radieux qui, comme d'habitude, lui donna le vertige. Car elle était extrêmement belle, et quand elle souriait, elle devenait plus belle encore.

— Ali, dit-elle. Quoi que je fasse, j'espère que tu comprendras.

— Que veux-tu dire ? demanda-t-il d'un air soupçonneux.

Rachida sourit à nouveau.

— La seule vue de ton visage quand il pâlit ainsi me rend capable de faire n'importe quoi, dit-elle doucement.

Ali la prit par l'épaule :

— Qu'est-ce que tu essaies de me dire, Rachida ?

Elle s'écarta et baissa les yeux.

— Du rouge sur du rouge, dit-elle enfin. Du sang rouge sur de la soie rouge. Non, plutôt sur du blanc. Oui. Tout le monde comprend cela.

A mesure qu'elle parlait, ses yeux s'agrandissaient. Une étoffe toute blanche très fine avec du sang dessus ! Rien de comparable !

— Rachida, dit-il en la secouant. Rachida, tu perds la tête.

Elle le dévisagea.

— Ton teint maintenant est blafard, hideux. N'importe qui serait malade rien que de te voir. Ta chair est jaune sombre. On dirait que dedans il y a de la terre. Quel dommage, Ali.

— Rachida ! Tais-toi ! Laisse-moi parler.

— Oui, continua-t-elle. Mon esprit s'égare. C'est vrai. Dommage, Ali, dommage. Qu'est-ce que je peux faire ?

Elle éclata en sanglots et s'éloigna brutalement de lui. Il l'entendit se précipiter dans le corridor, entrer dans le grand salon et fermer la porte. Il resta longtemps à la même place, écoutant ses pleurs. Puis il se leva et alla la consoler. Mais elle ne semblait pas avoir conscience de sa présence et continua de gémir et de sangloter.

Cette fois, les pleurs de Rachida durèrent toute la nuit. Allongé sans dormir, Ali les entendait. Juste avant l'aube, elle se calma.

Au lever du soleil, Ali quitta son lit, se lava, et sortit dans la rue. Il rencontra bientôt la mère de Rachida qui marchait en compagnie d'une voisine.

— Comment va Rachida ? lui demanda-t-elle.

— Elle a pleuré toute la nuit, dit-il en levant les bras au ciel. Ça suffit ! Je n'en peux plus !

L'autre femme éleva la voix :

— Mon fils, il faut que tu le supportes.

— Oui, dit-il. Rentrez à la maison et restez avec elle jusqu'à mon retour.

Chapitre VIII

Comme Ali approchait de l'extrémité de sa rue, il arriva à hauteur d'un important groupe d'hommes rassemblés devant une maison. Il s'arrêta et échangea des salutations avec un voisin qu'il connaissait.

— Il est arrivé quelque chose ?

— Ils ont trouvé à l'intérieur un homme avec la gorge tranchée. Sa famille dit qu'ils ont entendu des hurlements toute la nuit, et quand ils se sont arrêtés, juste avant l'aube, l'homme s'est mis à crier. Sa femme pense avoir vu un oiseau noir s'enfuir par la fenêtre. Elle croit que c'était un hibou. L'homme était couvert de sang, et sa gorge était ouverte d'une oreille à l'autre.

— Un oiseau ne tranche pas la gorge d'un homme, dit Ali.

— Personne ne comprend. Mais ils disent que c'est ça. Et cette chose a hurlé toute la nuit.

Ali hocha la tête et continua son chemin à grands pas. Il commença à transpirer, son visage pâlit, et il s'aperçut en marchant qu'il tremblait.

Quand il arriva à sa ferme, les hommes qui travaillaient dans le verger le saluèrent. Il ne répondit pas, même lorsqu'ils l'appelèrent. Il se dirigea droit vers la cabane, entra, et ferma la porte.

Assis seul, Ali analysa les événements et se convainquit que, n'ayant pu lui couper la gorge, Rachida avait tué un autre homme à sa place. Et il croyait que seul le cri de la fille dans le miroir l'avait sauvé. Pourtant, ces deux idées étaient absurdes.

Rachida était sa femme, et parce qu'il l'aimait, il ne supportait pas de reconnaître qu'elle allait plus mal.

Puis il se souvint qu'avec la maladie de la beauté, l'irréel devenait semblable au réel. Il souffrait de cette maladie, qui lui donnait le sentiment d'être au bord du Mal. Il se mit à sangloter.

Il gémissait, de temps à autre, et certains de ses ouvriers qui passaient près de la cabane l'entendirent. Ils s'arrêtèrent et le hélèrent.

— Continuez de travailler, leur dit-il. Laissez-moi seul. Je sais tout ce que vous pourriez me dire. Et le plus grand service que vous pouvez me rendre est de ne rien dire.

Les hommes haussèrent les épaules et poursuivirent leur tâche. Ali resta assis sans bouger, sentant tout près la bouche noire de la maladie, prête à l'engloutir. Elle semblait parfois si proche qu'il la sentait l'attirer vers elle.

Une image flottait dans son esprit : celle d'un linge blanc taché de rouge. Tandis qu'il la contemplait, une énorme vague de bonheur le submergea.

— Oui, murmura-t-il, de la mousseline blanche et du sang. Rachida avait raison. Comme la soie et le miel.

Une étrange excitation s'empara de lui, le laissant faible comme si son sang, noir un instant auparavant, s'était brusquement liquéfié. Un défilé de vêtements sanglants traversa son esprit.

Puis il éclata d'un rire sonore, bondit et sortit de la cabane.

Il faisait déjà nuit. En descendant la ruelle, il riait encore. Les veilleurs de nuit le virent passer et secouèrent la tête.

— Pauvre Ali, dirent-ils.

Chapitre IX

A la maison, la mère de Rachida s'indigna qu'Ali rentrât si tard.

— Où es-tu allé ?

— Dormir. Je n'ai pas dormi la nuit dernière, et cette nuit ce sera pareil.

— J'ai attendu que tu reviennes, dit-elle rapidement. Maintenant je dois rentrer chez moi.

— Non, dit Ali. Tu dois rester ici.

Rachida entendit ces mots et arriva de la cour.

— Pourquoi devrait-elle rester ici ? demanda-t-elle.

Pour lui plaire, Ali répondit :

— Je pensais qu'elle aimerait peut-être entendre parler de rouge et de blanc.

— Oh oui ! s'écria Rachida. — Elle se

précipita sur sa mère et lui caressa les joues. — Rouge et blanc ensemble, c'est très joli, mère. Tu devais être très belle quand tu étais jeune.

Elle retira un foulard noué sous le menton de sa mère et promena ses mains sur son cou avec douceur. Puis elle la serra dans ses bras.

Sa mère tapota son épaule.

— Eh bien, les choses changent et le temps passe, dit-elle. Si nous devons dormir ici, il faut que nous mangions maintenant.

Quand le dîner fut terminé et que les deux femmes plus âgées furent parties se coucher, Rachida pénétra dans le grand salon. Ali apparut quelques minutes plus tard et se retourna vers le miroir en passant devant lui.

Une fois encore, la glace ne lui renvoya aucun reflet de lui-même. Il avança rapidement, espérant que Rachida ne s'était aperçue de rien.

Il crut sentir la maladie se refermer sur lui d'une façon plus pressante à chaque instant. Il se surprit à penser : « Me transformer en oiseau. Oui. Si seulement je le pouvais ! Il n'y aurait pas de plus grand plaisir. »

Comme s'il avait parlé à haute voix, Rachida se tourna vers lui.

— C'est inutile, dit-elle en secouant la tête. Peu de gens peuvent crier toute la nuit. Le jour s'écoule peu à peu. La nuit reste, immobile, pleine de voix. Allah a d'abord créé la nuit. Abandonne cette idée, Ali, car il y a d'autres oiseaux.

Elle ramassa un caftan rouge chatoyant et s'en revêtit. Quand elle jeta un coup d'œil dans le miroir, elle poussa un cri. Puis elle apostropha violemment son reflet.

— Qu'attends-tu là-dedans ?

Alors, d'une voix différente qui semblait venir de derrière le miroir, elle continua :

— Oui, tu es ravissante ce soir, Rachida. Ravissante de cette beauté qui n'a été donnée à personne d'autre, et qu'aucun être ne peut posséder. Et pourtant, tu t'en vas, et Ali va rester avec moi.

— Seulement quand j'en aurai fini avec lui ! cria Rachida.

— Tout ce que tu pourras lui faire vaudra mieux que de le laisser dévorer par ta propre maladie. Tout sauf devenir comme toi ! répondit l'autre voix.

A ces mots, Rachida se laissa glisser

à terre où hurlant, elle se convulsa en tous sens.

Ali tenta de la calmer, mais comme d'habitude, elle ne l'écouta pas.

Le bruit réveilla sa mère et l'autre femme, qui vinrent ensemble au salon pour lui parler, mais sans plus de succès.

— Venez, dit Ali aux deux femmes.

Ils sortirent de la pièce en fermant la porte.

— Ecoutez, leur dit-il. Asseyons-nous ici pour attendre le matin. Personne ne doit s'endormir, même un instant. Nous devons garder les yeux ouverts tant que le ciel restera sombre.

— Mais pourquoi ? s'écria la mère de Rachida.

Ali ne répondit pas.

Heure après heure, ils restèrent assis à écouter les cris et les lamentations de Rachida.

Elle se tut juste avant l'aube, et il n'y eut que le silence.

Ali se leva d'un bond et se dirigea en hâte vers la porte du salon. Il posa sa main sur la poignée. La peur s'empara de lui. En tremblant, il retourna s'asseoir à la même place.

Quand le jour se leva, il sortit dans la rue ensoleillée. Les gémissements d'une foule de femmes parvinrent alors à ses oreilles. Il se retourna vers un homme et lui demanda ce qui n'allait pas.

— Ah, Sidi, un de mes frères est mort. Personne n'y comprend rien. Endormi au lit avec sa femme, la gorge tranchée avec un rasoir ; elle dit qu'à son réveil, il y avait cet énorme oiseau posé sur lui. Elle dit qu'il tenait un rasoir entre ses griffes.

— Impossible !

— Elle s'est mise à hurler, mais l'oiseau avait déjà passé la lame le long de la gorge de son mari. Et puis il a lâché le rasoir et il est sorti par la fenêtre.

— Tu veux dire que tu as gardé le rasoir ? lui demanda Ali.

— Oui, je l'ai, dit l'homme.

— Ça t'ennuierait de me le montrer ? demanda Ali.

L'homme apporta le rasoir et le tendit à Ali.

Il le regarda. C'était celui qu'il avait caché après que Rachida l'eut attaqué.

— Très étrange, murmura Ali.

— Autre chose, poursuivit l'homme. La femme de mon frère dit que l'oiseau s'est envolé directement de leur fenêtre vers ta maison. Il y est peut-être maintenant.

— Tu pourrais me laisser le rasoir un moment ?

— Oui. Fais attention.

Ali fit demi-tour et rentra chez lui.

Rachida était endormie sur le divan du grand salon. Les lourds rideaux rouges étaient tirés, et la pièce presque complètement obscure.

Pour être tout à fait sûr, il se dirigea droit vers l'étagère où il avait mis le rasoir. Comme il s'y attendait, elle était vide.

Sur la pointe des pieds, il rejoignit l'endroit où Rachida était couchée et demeura un instant à la regarder. Le drap qui la couvrait portait quelques traces de sang. En regardant les taches il se sentit sourire. Puis il rit tout haut, et Rachida ouvrit les yeux.

— Qu'y a-t-il ? s'enquit-elle.

Ali continua de rire, d'une façon particulièrement blessante pour Rachida. Quand elle en eut assez, elle bondit sur lui sans crier gare et lui enfonça ses ongles dans le cou. Il la repoussa violemment et elle tomba à terre.

Il frotta sa gorge avec sa main ; du sang perlait en plusieurs endroits. Il regarda ses doigts, s'agenouilla au-dessus de Rachida, puis étala le sang sur les joues de sa femme sans jamais cesser de rire.

— Notre voisin est mort, Rachida, lui souffla-t-il. Tué par un oiseau. Avec un rasoir.

Rachida se redressa. Elle semblait n'avoir pas entendu.

— Ali, dit-elle. Ton sang a une saveur très délicate. Celui de ton cou, un goût de miel. Mais j'en ai eu si peu ! J'aurais dû en prendre plus ! Quand j'en aurai fini avec la maladie et que je vivrai à ma guise, tu pourras prendre celle qui attend derrière le miroir. Si tu parviens à croire qu'elle est vivante et réelle comme moi, tu pourras peut-être être heureux avec elle.

— Mais Rachida, dit-il, je veux être heureux avec toi, pas avec elle. Souviens-toi, moi aussi j'ai la maladie. On pourrait peut-être être heureux ensemble. Je t'assure, je comprends le rouge sur le blanc. J'aime les joues blanches avec du sang dessus. Je suis heureux quand la nuit tombe et que je crois entendre le chant du rossignol. Une petite voix, très douce, qui pleure.

Rachida le dévisagea avec incrédulité, car ces mots étaient l'inverse de ce qu'il lui disait habituellement. Ali continua.

— Et quand j'écoute cette voix, je me

sens devenir un ange. C'est alors que je veux voir du sang couler le long de tes joues.

— Oui, dit-elle. Mes joues seront colorées de rouge, et je pense que ce sera bientôt. Et ce jour ne sera pareil à aucun autre jour. Pas même comme dans les rêves. Les affarit et les djenoun s'agenouilleront pour prier. Eclair et tonnerre ! La pluie tombant à verse, noyant tous les animaux, faisant s'effondrer les maisons. Et toi, Ali, en équilibre entre ciel et terre. Si le cheveu rompt, tu tombes et tu es perdu. Si le cheveu ploie et te laisse descendre peu à peu jusqu'à ce que tes pieds touchent le sol, alors tu auras la liberté. Ce sera un jour à marquer d'une pierre blanche.

— J'espère être ici, dit Ali. Sinon, je pourrai le voir ensuite.

— Je n'ai rien à ajouter, déclara Rachida. Ce qui est terminé est mort ; je te pardonne donc.

Elle s'installa sur le tapis, comme pour dormir, et Ali sortit dans la rue.

Chapitre X

Bientôt Ali rencontra un cortège funèbre. On portait au cimetière le voisin assassiné.

Apercevant le frère du défunt, Ali se mit à marcher à côté de lui.

— Merci de m'avoir prêté ceci, dit-il en lui tendant le rasoir.

Ils suivirent le cortège.

Sur la litière, le corps était enveloppé dans une pièce de mousseline blanche. Çà et là, Ali voyait le sang tacher lentement l'étoffe. Cette vision l'étourdit et fit bondir son cœur dans sa poitrine.

Les gens entrèrent dans le cimetière et les porteurs posèrent la litière sur le sol. Un peu plus tard, le corps fut descendu dans la tombe.

On y jeta des pelletées de terre, les tolba chantèrent, et finalement, tout le monde partit. Ali s'esquiva cependant et s'arrangea pour rester dans le cimetière après leur départ.

Il se dirigea vers la tombe, puis s'assit pour la regarder fixement en silence. Les oiseaux chantèrent un moment dans les arbres.

La nuit tomba, et un hibou descendit se poser parmi les tombes. De temps à autre il hululait. Non loin de là, des grenouilles se mirent à coasser. Le ciel devint très brillant et la lune se leva, parfaitement pleine.

Enfin, le cœur battant, Ali ramassa une pelle et entreprit de creuser la terre qui couvrait le corps. Effrayé, le hibou s'envola.

Quand il eut dégagé le cadavre, Ali ôta vivement le tissu qui l'entourait. Il était presque complètement imbibé de sang. Puis Ali vit l'entaille, d'une oreille à l'autre, sur la gorge de l'homme, qui luisait au clair de lune.

Il recouvrit le corps de terre, roula le tissu, le fourra sous son bras et quitta le cimetière.

En arrivant à la maison, il trouva Rachida assise avec sa mère et la voisine.

— Où as-tu été tout ce temps ? demandèrent-elles.

— J'ai vécu avec le rouge et le blanc, dit-il en regardant Rachida. Le rouge et le blanc.

Rachida ouvrit de grands yeux.

— Allah ! Allah ! s'écria-t-elle. Je me sens déjà mieux, rien qu'à te voir entrer. Raconte-moi tout.

— Plus tard. Pour le moment, je veux manger.

Quand le repas fut terminé, la mère de Rachida dit :

— Maintenant il faut vraiment que je rentre.

— A cette heure, Mère ? Non. Reste dormir ici.

Ali ajouta :

— Oui. Allez dormir dans l'autre pièce.

Les deux femmes se regardèrent et haussèrent les épaules. Elles dirent bonsoir et entrèrent dans leur chambre dont elles verrouillèrent la porte. Et elles continuèrent à se regarder avec surprise.

— Que pouvons-nous faire ? dit enfin la mère de Rachida. Nous avons horriblement besoin de dormir, et ces deux cinglés sont à côté. Que disent-ils ? Que trament-ils ?

L'autre femme bâilla.

— Le mieux est de se coucher.

Quand ils furent seuls depuis quelques minutes, Ali se tourna vers Rachida.

— Lève-toi. Viens dans le salon. J'ai quelque chose d'intéressant à te montrer.

Rachida le suivit dans la grande pièce et ferma la porte. Après avoir allumé les bougies, il lui jeta le tissu. Elle le déplia pour examiner les grandes taches de sang et l'étendit sur le tapis. Puis elle s'allongea dessus, poussa un soupir, et sourit.

— Enfin la vie devient ce qu'elle doit être, murmura-t-elle. Les plus grandes œuvres d'art sont en rouge et blanc. Les couleurs d'un monde où l'on peut voir même les choses les plus éloignées. Un monde qui n'a jamais été touché ! Où astu trouvé ce tissu, Ali ?

— Je pense que tu sais d'où il vient, parce qu'il t'appartient, lui dit-il.

Elle se redressa.

— Tu l'as sorti de sa tombe ?

— Oui, c'est bien ça. J'ai attendu la tombée de la nuit, et je l'ai pris au clair de lune. Et j'ai vu la façon dont son cou avait été tranché. Merveilleux, Rachida ! Si facile avec un bon rasoir. Rouge sur blanc. Magnifique, oui. Mais très cher.

Rachida était de plus en plus excitée.

— Oui, Ali ! Le sang n'a pas de prix. Aucune somme d'argent ne sera jamais assez élevée. C'est terriblement cher, ça oui, mais si bon !

— Et si doux, ajouta Ali. Doux, Rachida.

Elle resta un moment silencieuse. Puis elle dit :

— Quel dommage que je n'aie jamais eu le tien, que je n'aie jamais pu le boire ou jouer avec. J'ai seulement réussi à le goûter.

— J'aurais pu boire le tien, lui dit-il. J'aurais peut-être dû le prendre. Je t'ai laissé le choix de tout. Mais tu es arrivée tard et ton travail a été maladroit. Tu n'avais pas le temps.

— Le sang aide à se sentir mieux pendant un moment, dit-elle. Mais peu importe combien tu en bois, il ne guérira jamais la maladie, ni lui, ni aucun docteur que tu puisses trouver. Ni aucun fqih. Tu as raison, Ali. Tu penses peut-être que parce que ton docteur vient toujours habillé en mariée, elle pourra t'aider ? Peut-être. Qui sait ?

Ali avait cessé d'écouter.

— Rachida, dit-il, et il l'embrassa.

Elle lui rendit ses baisers.

Ils s'effondrèrent ensemble sur le sol

où le linge sanglant était étalé et y restèrent allongés toute la nuit à faire l'amour.

Au matin, quand ils se réveillèrent et se regardèrent, ils sourirent :

— Allah ! s'exclama Rachida. Dormir sur un linceul encore trempé de sang frais ! Quel luxe !

— J'ai fait un cauchemar la nuit dernière, lui dit-il. J'étais dans la Géhenne. Il faisait chaud, chaud ! Allongé, je brûlais à en mourir, et tout à coup tu te tenais au-dessus de moi. Et quand je t'ai suppliée de me donner un peu d'eau, tu m'as montré du doigt en riant.

Rachida était pensive.

— Moi aussi j'ai rêvé, dit-elle. Je me souviens que j'étais à moitié enterrée dans le sable. C'était quelque part au Sahara ; il y avait un soleil terrible, plus fort que le soleil de notre monde. Nu, tu avançais vers moi ; tu m'as tirée hors du sable, puis transportée à un endroit où de l'eau se jetait dans une mare, et nous nous sommes baignés ensemble à l'ombre des arbres. Et c'est alors que j'ai vu le sang couler de ton corps dans la rivière. Du rouge dans l'eau ! De l'eau qui rougissait ! Au bout d'un moment, le sang a cessé de couler et tu as pris feu.

Les flammes crépitaient comme des fusils, et ce bruit me rendait légère et heureuse. Je ne sais pas pourquoi. Les flammes sont montées plus haut, et je me suis sentie m'élever dans l'air avec elles. Puis j'ai ouvert les yeux, et nous étions tous deux ici, couchés sur du rouge et du blanc. J'étais contente, alors j'ai souri.

— Si seulement chaque nuit pouvait être comme cette nuit, nous pourrions nous reposer, dit Ali. — En son for intérieur, il ajouta : — Et je ne devrais plus rester éveillé à attendre le moment où tu cesses de pleurer pour sortir couper la gorge de quelqu'un.

Il soupira.

— Tu te souviens quand j'étais heureux et sain comme n'importe quel homme, quand je pouvais marcher dans les rues sans honte ? Ces jours sont terminés, parce que je me suis trompé d'épouse. J'ai choisi celle qui est malade et me voilà malade comme elle.

— Oui ! dit Rachida avec colère. Et j'espère que ton état empirera. Je veux te voir aussi malade que je le suis aujourd'hui.

Ali rit.

— Nous pourrions pleurer ensemble

toute la nuit, et chanter des mouwaals en même temps.

— Toute la nuit, Ali, tu entends. Toute la nuit.

On frappa à la porte. Ali cacha rapidement le linge taché. La mère de Rachida venait leur dire que le petit déjeuner était prêt.

Chapitre XI

Ali passa la journée à la ferme. Ces heures à l'air frais et au soleil lui firent du bien, de sorte qu'il était de bonne humeur quand il se mit en route vers la ville au crépuscule. Mais en entrant dans la maison, il entendit les gémissements de Rachida.

Blotties dans un coin de la cuisine, les deux vieilles femmes l'attendaient anxieusement.

— Elle tient un vieux tissu couvert de sang qu'elle ne cesse d'embrasser, dit sa mère. Et toute la journée elle hurle. Je l'ai enfermée dans le grand salon pour lui éviter des ennuis. Mais nous sommes toutes les deux très fatiguées.

— Donne-moi la clé, dit Ali, et elle la lui tendit.

Puis il alla s'habiller de blanc.

Il déverrouilla la porte du salon, et appela :

— Rachida !

Rachida ouvrit les yeux. Le voyant tout de blanc vêtu, elle se leva du sol où elle était allongée, et riant entre ses larmes se mit à palper les vêtements d'Ali.

— Ali, cette nuit est la nuit entre toutes ! La nuit sans fin !

— Ecoute, Rachida. Ecoute-moi ! J'ai quelque chose à te dire. Je vais te ligoter les bras et les jambes, et te laisser comme ça pour qu'il n'arrive rien. Tout sera tranquille ce soir.

Il la saisit, et lui attacha les mains dans le dos, puis il lui entoura les jambes avec la corde qu'il noua serrée. Il sortit ensuite de la pièce et ferma la porte à clé derrière lui, la laissant hurler seule dans le grand salon.

Les cris cessèrent pendant qu'il dînait et il prit la fin de son repas en silence.

Il s'adressa aux femmes :

— Elle s'est endormie.

Plus tard, il se dirigea sur la pointe des pieds vers le salon, s'agenouilla et regarda par le trou de la serrure. Ce qu'il vit était si incroyable qu'il décida de nouveau qu'il dormait.

La pièce paraissait pleine de vieilles femmes. Elles entouraient Rachida qui gisait toujours à terre. Il en compta sept.

La vue de ces harpies grouillant autour de sa femme l'emplit de terreur et de dégoût, ensuite de rage. Avant qu'il ne comprît ce qui se passait, elles avaient coupé les cordes qui la ligotaient.

Quand Rachida se leva brusquement, toutes semblèrent rétrécir et s'obscurcir. Elles évoluaient sur le sol d'une étrange façon. Puis il vit qu'au lieu de visages, elles avaient des têtes et des becs d'oiseaux. Elles se précipitèrent soudain vers la fenêtre et s'enfuirent à tire-d'aile, l'une après l'autre.

Ali se redressa, essuya la sueur qui ruisselait sur son visage, puis retourna dans la pièce où les deux femmes étaient assises.

— Elle dort ? demanda la mère de Rachida.

— Je crois, dit-il.

Il s'assit et ferma les yeux. Il avait froid.

Les deux femmes lui dirent bonsoir et se retirèrent dans leur chambre.

Près de deux heures s'étaient écoulées quand Ali se leva et retourna épier par le trou de la serrure de la grande salle.

D'abord, il ne vit rien. Il semblait y avoir moins de lumière qu'avant dans la pièce.

Puis Rachida apparut, et il s'aperçut que d'autres étaient avec elle. Les vieilles étaient de retour.

Il se releva et arpenta le couloir, ne sachant que croire ni que faire. Comme il pénétrait dans la cour obscure, il entendit la voix claire d'une jeune fille prononcer son nom, tout bas mais très près de lui, comme un insecte bourdonnant à son oreille.

Il porta la main à son oreille et jeta un bref coup d'œil derrière lui.

— Continue de parler, dit-il à haute voix. Je le supporte parfaitement. Rien n'est réel, de toute manière.

La voix disait :

— Tu dois dormir. Va te coucher et repose-toi. Il ne va rien arriver. Je serai là.

Sans réfléchir, il lui répondit :

— Merci. Ce serait merveilleux.

Une vague de sommeil l'avait submergé. Il alla dans sa chambre et s'endormit ; il dormit profondément tout le reste de la nuit.

Quand il se réveilla, Rachida et les deux femmes prenaient leur petit déjeuner. Il s'assit et mangea avec elles, évitant le regard de Rachida et ne s'adressant qu'à sa mère.

— Aujourd'hui il faut que je rentre, déclara-t-elle. Je peux revenir demain, inch'Allah.

— Comme tu veux dit Ali. Ouakha.

Il prit congé d'elles et se mit en route pour la ferme.

Peu après, les deux femmes rassemblèrent leurs affaires et partirent, laissant Rachida seule à la maison.

Chapitre XII

Un moment, Rachida fit les cent pas sous les orangers du patio. Puis elle fit demi-tour et pénétra dans le grand salon. Elle ferma et verrouilla toutes les portes, tira les rideaux, pour que la pièce fût très faiblement éclairée.

Après avoir allumé plusieurs bougies qu'elle avait placées autour du miroir, elle étendit soigneusement par terre non loin de lui une étoffe blanche et propre.

Debout devant la glace, elle se mit à essayer ses vêtements de lamé d'or et de brocart. Caftans, zigdouns, djellabas et robes, l'un après l'autre.

Elle apporta des coussins, qu'elle empila devant le miroir, puis s'y allongea pour s'admirer. Les vêtements étaient disséminés partout dans la pièce, mais elle en apporta d'autres. Elle passa ainsi la journée entière.

Au crépuscule, la seule lumière provenait des bougies. Vêtue d'une longue robe blanche, elle s'assit devant le miroir et entreprit de peigner ses cheveux. Puis elle se leva et continua de les coiffer. Ils descendaient jusqu'à ses cuisses, mais elle eut l'impression qu'ils étaient plus longs à gauche qu'à droite.

Saisissant un long rasoir, sans cesser de se regarder dans la glace, elle coupa un peu les pointes et recula pour mieux voir.

Elle fronça alors les sourcils et coupa de l'autre côté. Le résultat ne lui plaisait pas davantage.

Elle continua de couper, petit à petit, ici et là, essayant de leur rendre l'attrait qu'ils avaient auparavant. Finalement, furieuse de ce qu'elle avait fait, elle se mit à tailler ses cheveux en tous sens, et ils tombèrent en masse sur le sol.

Sans sa chevelure, elle ressemblait à une brebis tondue. Elle regarda son reflet dans le miroir et prit un second rasoir sur la table. Alors, une lame dans chaque main, observant toujours son visage dans la glace, elle entailla ses joues.

A la vue du sang qui jaillissait de la chair blanche, elle émit un long cri de ravissement.

Puis, attentive à l'image du miroir, elle ajouta d'autres balafres à son visage. Le sang coula de plus belle, et elle éclata d'un rire triomphant.

Poussée par le besoin de détruire ce qu'elle voyait dans la glace, elle continua de taillader son visage et sa gorge. Des morceaux de chair tombaient de ses joues. Ses mains descendirent, et elle trancha ses seins avant de s'affaisser sur le tissu blanc où elle resta immobile. De temps à autre, elle émettait un faible son, comme un rire.

En revenant de la ferme, Ali entra dans la maison et essaya d'ouvrir toutes les portes du grand salon.

Il prêta l'oreille, et n'entendit rien.

Il cria le nom de Rachida, et n'obtint pas de réponse.

Quand il eut enfoncé l'une des portes, il pénétra dans la pièce et vit Rachida allongée sur l'étoffe blanche que son sang teignait de rouge. Il ne restait rien de son visage, ni yeux, ni nez, ni lèvres, ni joues. Tout était devenu une masse de viande et de sang.

Cependant elle était là. Et il l'appela.

— Rachida ! Rachida ! Où est le rouge et blanc ? Tout est rouge. Pourquoi, Rachida, pourquoi ?

Debout au-dessus d'elle, il frotta son visage en sanglotant.

— Tu es morte, murmura-t-il. Tu me laisses seul. Tu peux te reposer maintenant, je serai celui qui souffre. Seul sans toi dans cette maison.

Ali tira alors le tissu sanglant de sous le corps de Rachida, le cacha en lieu sûr, puis il sortit du salon.

Il partit en toute hâte vers la maison des parents de Rachida.

— Venez avec moi, leur dit-il.

Ils regardèrent son visage.

— Ali, qu'y a-t-il ?

— Fini. Terminé. Morte ! sanglota-t-il.

Ils fixèrent sur lui un regard ébahi.

— Seul ! Elle est morte.

La mère de Rachida poussa un hurlement. Suivis d'Ali, les parents se ruèrent hors de la maison et à travers les rues. Arrivé chez lui, Ali ouvrit la porte.

Quand ils atteignirent le salon, Ali se glissa devant le couple âgé en criant :

— Attendez !

Il prit une grande couverture et l'étendit sur Rachida, qu'il recouvrit complètement.

Ils durent obliger la mère de Rachida à entrer dans une autre pièce où, pleurant, elle déchira ses vêtements et s'arracha les cheveux.

Puis Ali revint au salon et se posta devant le miroir. Le reflet qu'il y vit était celui d'un homme qui lui ressemblait, mais vêtu différemment, tout en noir.

— Ce n'est donc pas terminé, se dit-il.

Il retourna auprès de la mère de Rachida et essaya de l'apaiser.

— Elle est morte, c'est tout, dit-il. La mort fait partie de la vie, ce n'est pas une raison de se lamenter. Tu sais qu'il est interdit aux Musulmans de pleurer un disparu. Il faut maintenant décider quoi faire.

Le père de Rachida secoua la tête d'un air désespéré.

— Dormez ici, ce soir, poursuivit Ali. Avant vous aviez peur à cause de Rachida. Mais maintenant ?

Ils se laissèrent convaincre par Ali. Il les installa dans une chambre, leur dit bonsoir et les laissa. Puis il s'enferma dans le salon où il étala la pièce de tissu blanc maculée du sang de Rachida, et s'allongea sur le sol à côté d'elle, utilisant son corps comme oreiller. Il rêva que la nuit sentait le jasmin et la menthe.

Chapitre XIII

Le matin, les membres de la famille remplissaient la maison. Ils entouraient le corps dans le salon, n'osant soulever la couverture noire qui le couvrait.

On apporta enfin une civière, et sans être lavée ni enveloppée dans un kfin, Rachida fut portée hors de la maison puis dans les rues jusqu'au cimetière.

On l'enterra à côté d'un cyprès. Les ouvriers couvrirent le corps avec de la terre et comblèrent la fosse, puis les familles quittèrent lentement le cimetière.

Ali resta en arrière, assis sur le sol près de la tombe ; il pensait à Rachida en sanglotant doucement.

La nuit tomba ; la lune était encore

très grosse et très brillante. Des tubéreuses étaient posées à la tête de la tombe, et des œillets au pied. Sous la lune, les fleurs n'avaient pas de couleur, simplement un parfum.

Tandis qu'il regardait la tombe, il s'aperçut que de la fumée s'élevait lentement de la terre qui la recouvrait. L'idée que même maintenant Rachida n'était pas libérée de son mal, qu'elle était encore impliquée d'une manière quelconque dans ses jeux avec l'ennemi lui parut soudain insupportable.

Il se leva d'un bond et chercha frénétiquement une pelle qu'aurait pu laisser l'un des fossoyeurs. Cette fois, pourtant, ils avaient été plus soigneux. Quand il retourna vers le cyprès, non seulement il n'y avait plus trace de fumée, mais il fut même incapable de retrouver l'endroit où avait été la tombe.

Plutôt que de se laisser effrayer par ces choses, Ali songea que c'était simplement des symptômes de la maladie.

Il retourna à la maison vide, pénétra dans le grand salon, et s'allongea devant le miroir sans le regarder. Rachida était restée assise ici jour après jour, elle avait perdu tout son sang à l'endroit même où il gisait. Au clair de lune, il vit les tubéreuses et la fumée.

« Même la tombe n'était pas réelle », se dit-il.

Il resta longtemps couché sans bouger, abîmé dans ses pensées, jusqu'au moment où il s'endormit enfin.

Le lendemain matin, tandis qu'il prenait son petit déjeuner dans la cuisine, Ali se remit à penser à la voix qu'il avait entendue près de son oreille. Ç'avait été une voix douce, la voix d'une jeune fille.

« Cette maladie met des voix dans l'oreille, se dit-il. Si l'on peut entendre ces voix, pourquoi ne pourraient-elles pas vous entendre ? »

Il attendit, puis appela :

— Tu peux m'entendre ?

Ali écouta. Bientôt, il perçut le faible son de la voix tout près de son oreille.

— Oui, Ali.

Il leva les yeux, et ne voyant personne, dit :

— Ah ! tu m'as entendu.

— Oui, mais peux-tu m'entendre ? Si tu m'entends et si tu veux te sauver, écoute ce que je dis. Pour toi, la seule façon de guérir est de prendre le sang de celles qui ont causé la perte de Rachida.

— Oui, dit Ali ; son cœur battait plus vite.

— Il faut que tu les trouves rapidement, avant qu'elles n'entendent parler de la mort de Rachida. Tu dois sortir, parcourir toutes les rues de la ville. Dès que nous croiserons l'une d'elles, je te la signalerai. Je les connais toutes.

Comme Ali sortait dans la rue, la voix dit : « Marche simplement, et regarde toutes les vieilles femmes. »

Il alla jusqu'au cœur de la ville, traversant le marché et les souks.

— Sous l'arche ! dit la voix. Celle qui vend du charbon de bois.

Ali s'approcha de la vieille femme en disant :

— Excuse-moi, lalla. Ma femme Rachida aimerait te voir ce soir.

Puis il lui indiqua l'heure et l'adresse, et lui demanda de venir sans faute.

La vieille femme parut stupéfaite, mais répondit que puisque la femme du monsieur le désirait, elle ne manquerait pas d'y aller.

Il continua de déambuler à travers le Saqqaya jusqu'au marché au pain. Là, la voix dit brusquement : « La femme au bout de la file, avec le litham gris sur le visage. »

Ali se pencha pour parler à la femme. Elle aussi sembla surprise par son invitation, mais accepta également de venir à la maison à l'heure dite.

Il en trouva deux autres à Bou Araqia, et les dernières dans d'autres parties de la ville. Chaque fois que la voix identifiait l'une d'elles, il l'abordait et lui laissait son message, expliquant ensuite soigneusement comment trouver la maison.

A ses yeux, elles ressemblaient à n'importe quelles autres vieilles, mais il laissa la voix le guider.

Sur le chemin du retour, Ali entendit la voix : « Tu pourrais étendre un linge blanc et les saigner, puis verser le sang sur toi, debout sur le linge blanc. Ça ferait un joli spectacle et te donnerait un immense plaisir. »

Ali ne répondit pas, mais se mit à y réfléchir : « Je pourrais recueillir leur sang dans une grande bassine. »

En arrivant chez lui il se mit au travail dans le salon, qu'il prépara pour le soir.

Il pensait que la voix était partie, mais se rendit compte qu'elle était toujours avec lui quand, au moment où il dépliait le tissu blanc et l'étendait sur le sol, elle se mit soudain à parler.

— Mets-le plus près du miroir, lui dit-elle. Tu peux te déshabiller et t'asseoir nu sur le tissu, puis verser le sang sur toi.

— Oui, dit Ali. Eclair et tonnerre, vent et pluie, et je serai debout, un rasoir à la main, riant aux éclats.

Il apporta un grand chaudron de cuivre et le posa sur l'étoffe blanche. Quand il eut terminé ses préparatifs pour la soirée, il prit un bain et se vêtit de blanc. Il s'arrêta face au miroir pour s'examiner et rit lorsqu'il vit ses vêtements se refléter en noir.

Tandis qu'il se regardait rire, on frappa doucement à la porte. Il alla ouvrir et trouva l'une des vieilles femmes.

— Bienvenue ! dit-il. Entre.

Il la conduisit au salon qui resplendissait à la lueur des bougies. Pendant qu'elle passait du couloir sombre à la pièce brillamment éclairée, il lui saisit le cou par-derrière et lui enfonça une boule de chiffons dans la bouche pour l'empêcher de crier. Puis il lui ligota les jambes et attacha ses mains dans son dos, la transporta à travers la pièce et la jeta entre deux coussins, afin qu'elle semble tranquillement assise. Quand la suivante arriva, il employa le même procédé et la posa bien droit à côté de l'autre.

A la fin, les sept vieilles biques furent installées sur la mtarrba, incapables de bouger ou d'émettre un son.

Il attrapa l'une d'elles, la força à s'agenouiller et inclina sa tête sur le rebord du chaudron. Puis il lui trancha la gorge, et fit couler son sang au fond.

Quand le sang cessa de couler, Ali écarta le corps et saisit une autre vieille. Quand les sept corps eurent été saignés et jetés dans un coin, il y avait une bonne quantité de sang dans le chaudron.

Ali ôta calmement tous ses vêtements et resta debout, nu.

C'est alors qu'il entendit dans toute la maison une sorte de musique, d'abord semblable à celle de la mer dans une grotte, puis aux échos qui résonnent entre de hautes montagnes, ou aux sons s'élevant d'un puits très profond.

Il écouta un moment, puis souleva le chaudron et se mit à verser le sang sur sa tête. Il ruisselait sur son corps jusqu'au linge blanc, formant un dessin qui s'élargissait à chaque instant.

Son bain de sang terminé, il emporta le chaudron, et après avoir empilé toutes les vieilles femmes, il étendit le tissu sur elles. Deux ou trois tressaillaient encore.

Enfin heureux, il se tourna vers le miroir, s'attendant à y voir son reflet nu et luisant de sang humide.

Mais un homme qu'il n'avait encore jamais vu était là, entièrement vêtu, et il lui jetait un regard furieux.

Ali était fou de colère.

— Comment es-tu entré ici ? beugla-t-il. Que veux-tu ? Que dois-je faire pour me libérer de ces monstres que vous êtes ?

En parlant, il ramassa un lourd chandelier et le lança violemment à la tête de l'intrus. Le miroir se fracassa et le sol se couvrit d'éclats. Au même instant, du sang commença à ruisseler autour du cadre.

Ali observait, parfaitement immobile.

Le sang coulait lentement et dégouttait le long du haut cadre. Quand il baissa les yeux, il vit que chaque débris de verre était rouge de sang.

« Je l'ai tué », pensa-t-il avec satisfaction.

Il y eut un éclair, Ali se sentit tomber à terre. D'où il gisait, il entendait le mugissement du vent et le fouettement de la pluie.

Au beau milieu de l'orage, un oiseau

géant apparut à la fenêtre ; Ali le regarda s'introduire dans la pièce et avancer vers la pile de corps sous leur linge sanglant.

Il se vit s'emparer d'un rasoir et se ruer sur cette créature. Puis il la vit tomber sur le flanc, battant des ailes et donnant des coups de patte. Et tandis qu'elle tournoyait maladroitement sur le sol, elle perdait non seulement son sang, mais aussi ses plumes. Il la regarda devenir aussi nue que lui-même, et ce n'est qu'alors qu'il constata que son corps n'était pas celui d'un oiseau, mais d'une grenouille. Puis elle se mua en un tas de chair informe.

Ali se retrouva couché sur le sol parmi les morceaux de verre. La musique caverneuse résonnait encore dans l'air, plus douce et assourdie.

Quand le son fit place au silence, Ali se leva, et voyant sa peau couverte de sang coagulé, il alla se laver.

Lorsqu'il eut fini de se nettoyer et de s'habiller, c'était l'heure du fjer. Dans une heure il ferait jour. Il décida d'aller à la ferme et de dormir sur le sol de la hutte du verger.

Il arriva à l'aube, entra dans la cabane et s'allongea sur la natte. Il écouta un moment les grillons chanter dans le silence de la campagne, et ce fut alors qu'il décida de vendre la maison de la ville et de vivre à la ferme. Puis il s'endormit pour ne se réveiller qu'à la fin du jour.

Quand il fit sombre, Ali partit vers la ville avec quatre mules. En arrivant chez lui, il les laissa devant la porte et emporta un tas de sacs de jute dans le grand salon. Il mit chaque corps dans un sac, qu'il noua solidement puis les porta dehors.

Il y avait deux corps sur chaque mule, et un sur celle qu'il montait.

Il les ramena toutes à la ferme, et là, dans l'obscurité, enterra les cadavres des vieilles ainsi que le tissu sanglant, en prenant soin que son gardien ne le voie pas. Puis il retourna à pied à la ville et passa la nuit à nettoyer le grand salon.

Le lendemain, Ali travailla à la ferme avec ses ouvriers, et le temps passant, il se sentit heureux pour la première fois depuis de nombreux mois.

En mangeant ce soir-là avec les ouvriers, il bavarda et plaisanta avec eux comme il en avait eu l'habitude quand il était encore célibataire. Les hommes remarquèrent sa bonne humeur, mais ne dirent rien.

Chapitre XIV

Cette nuit-là, pendant son sommeil, il erra dans le désert. Quand il atteignit une oasis, il reconnut l'endroit où il était déjà venu. Il s'assit à côté d'une mare sous le palmier et regarda l'eau.

Soudain, il leva les yeux. Une jeune fille était debout à côté de lui. Quand il distingua clairement son visage, il se jeta en arrière et hurla :

— Non ! Non ! Tout ça ne va pas recommencer !

— Tu m'as promis, Ali, murmura-t-elle. Tu m'as promis que lorsque tout serait accompli, nous pourrions être ensemble. Maintenant tout est accompli.

Tandis qu'elle parlait, Ali remarqua que ce n'était pas Rachida, mais la jeune fille du miroir.

Devinant les pensées d'Ali, elle dit :

— Une pomme n'est pas une poire, un coing n'est pas du raisin, et une orange n'est pas une grenade. Et je ne suis pas Rachida, même si tu trouves que je lui ressemble.

— Rachida était très belle, dit Ali. Mais pas plus que toi.

La jeune fille sourit et s'assit à côté de lui. Ils parlèrent pendant un moment, puis, voyant qu'elle semblait tout à coup déprimée, il l'interrogea.

— Si seulement tu n'avais pas brisé le miroir, j'aurais pu le traverser et sortir, dit-elle.

Ali ne comprenait pas. Il l'attira à lui et l'embrassa.

A son réveil, le lendemain matin, Ali était pensif. Il comprenait qu'il ne pourrait rejoindre la jeune fille que pendant son sommeil car elle était prisonnière du désert.

« Après tout, pensa-t-il, ce serait suffisant de passer mes nuits avec elle. Le jour, je peux travailler à la ferme. »

Il ne parla pas beaucoup avec ses ouvriers ce jour-là. A l'approche du soir, il fut assailli par la peur de ne pouvoir rêver de la jeune fille. Rien ne laissait supposer que ce serait possible.

Néanmoins, quand vint l'heure du sommeil, dès qu'il fut allongé sur sa natte, il la trouva près de la mare, exactement telle qu'il l'avait laissée le matin à son réveil.

Elle l'amena au village de l'oasis, et là, il vit l'homme et la femme qui lui avaient rendu visite à la ferme. Cette fois, ils furent très mécontents de lui.

— Ce n'était pas ainsi que nous avions envisagé les choses, dirent-ils à Ali. Si notre fille t'avait épousé, elle aurait dû être libre et vivre avec toi dans ta maison. Maintenant vous pouvez être ensemble une partie du temps, et tu ne peux la voir qu'ici, dans le désert. Quelle sorte de mariage est-ce donc ? Tu n'aurais pas dû briser le miroir.

La jeune fille se mit à pleurer, et Ali ne pouvait rien faire pour la consoler devant ses parents. Eux, pourtant, voyant la détresse des jeunes gens, acceptèrent de leur permettre de se marier.

— Bien sûr, il n'est pas guéri, dit la femme. Mais au moins, maintenant, il n'est pas mort.

Le mariage eut lieu une semaine plus tard. Ce fut une fête simple, à laquelle assistèrent tous les gens du village. Ils dansèrent dans l'oasis autour d'un grand feu de branches de palmier.

Chaque soir, quand il avait fini de travailler la terre avec ses ouvriers, Ali dînait, fumait quelques pipes de kif et entrait dans sa cabane. Là, dans le silence, il s'allongeait et attendait que le sommeil l'emporte vers la mare de l'oasis où la jeune femme en blanc l'attendait.

Achevé d'imprimer
sur les Presses Bretoliennes
27160 Breteuil-sur-Iton

N° d'édition : 898
N° d'impression : 874
Dépôt légal : août 1989